www.tredition.de

AF202454

Petra-Alexa Prantl

Die blaue Stunde

mit

klassischer Lyrik

www.tredition.de

© 2021   Petra-Alexa Prantl

Cover und Aquarelle: Petra-Alexa Prantl

Verlag & Druck: tredition GmbH, Halenreie 40-44, 22359 Hamburg

ISBN
Paperback   978-3-347-38094-3
Hardcover   978-3-347-38095-0
e-Book   978-3-347-38096-7

Petra-Alexa Prantl

Die blaue Stunde

mit

klassischer Lyrik

Petra-Alexa Prantl wurde 1953 in Nürnberg geboren. Sie studierte Pädagogik an der Universität Erlangen-Nürnberg. Nach der Familienphase arbeitete sie als Lehrerin und unterrichtete vorwiegend romanische Sprachen. Neben ihrer Vorliebe für die Natur, für Musik, Philosophie und Sprachen führte ihre Reiselust sie in viele Teile der Erde, unter anderem in den Grand Canyon, nach Grönland, Asien und Neuseeland.

Dieses Buch widme ich

Sylvia Bernhard-Kasanmascheff

Inhaltsverzeichnis

Hermann Hesse

Johann Wolfgang von Goethe

Ludwig Tieck

Dietrich Bonhoeffer

Vorwort

In der Dämmerung, vor Eintritt der nächtlichen Dunkelheit, befindet sich die Sonne ca. 4 – 8 Grad unterhalb des Horizonts. Diese eigentümliche Färbung des Himmels wird *Blaue Stunde* genannt. Der Begriff wurde vor allem von Schriftstellern und Dichtern geprägt, die ihn meist mit melancholischen Gefühlen verbinden. Durch eine besondere spektrale Zusammensetzung entsteht dieselbe Färbung des Himmels auch in der Morgendämmerung, was aber seltener als *Blaue Stunde* bezeichnet wird. Die *Blaue Stunde* findet Bedeutung in der Musik, in der Literatur, Kunst und Fotografie. **Goethe** vermerkte in seiner *Farbenlehre*, dass Blau besonders ist und in der Natur seltener vorkommt als andere Farben **Wassily Kandinsky**, einer der Gründer der Künstlergruppe *Der Blaue Reiter* schrieb: „Je tiefer das Blau wird, desto mehr ruft es den Menschen in das Unendliche, weckt in ihm die Sehnsucht nach Reinem und schließlich Übersinnlichem.   (vgl. Kandinsky, 1973, S.92)

Ich wünsche Ihnen viele interessante, besinnliche und harmonische blaue Stunden, nicht nur mit klassischer Lyrik.

Petra-Alexa Prantl

Blaue Stunde

[...] Du bist so weich,

du gibst von etwas Kunde,

von einem Glück aus Sinken und Gefahr

in einer blauen, dunkelblauen Stunde

und wenn sie ging, weiß keiner ob sie
war [...]

Gottfried Benn

(Quelle: Blaue Stunde (1950) Deutsche Lyrik)

Melancholie

Melancholie ist ein bedeutsames Thema der Literatur aller Zeiten und Sprachen. Sie wird in der Weltliteratur oft mit Todessehnsucht verbunden. Eine Frage aus dem antiken Griechenland lautet: Warum sind alle hervorragenden Männer, ob Staatsmänner, Philosophen, Künstler oder Dichter offensichtlich Melancholiker gewesen ?

Rainer Maria Rilke

Ich liebe meines Wesens Dunkelstunden,

in welche meine Sinne sich vertiefen;

in ihnen hab` ich, wie in alten Briefen,

mein täglich Leben schon gelebt gefunden

und wie Legende weit und überwunden.

Aus ihnen kommt mir Wissen, dass ich Raum

In einem zweiten zeitlos breiten Leben habe.

Und manchmal bin ich wie der Baum,

der reif und rauschend, über einem Grabe

den Traum erfüllt, den der vergangne Knabe,

um den sich seine warmen Wurzeln drängen

verlor in Traurigkeiten und Gesängen.

Theodor Storm

Wie wenn das Leben wär nichts andres
als das Verbrennen eines Lichts!
Verloren geht kein einzig Teilchen
und wimmelt durch den öden Raum.

Es waltet stets dasselbe Leben,
Natur geht ihren ewgen Lauf;
in tausend neu erschaffnen Wesen,
stehn diese tausend Teilchen auf.

Das Wesen aber ist verloren,

das nur durch diesen Bund bestand,

wenn nicht der Zufall die verstaubten

aufs Neue zu einem Sein verband.

Rainer Maria Rilke

1875 - 1926

Abend

Der Abend wechselt langsam die Gewänder,

die ihm ein Rand von alten Bäumen hält,

du schaust: und von dir scheiden sich die
Länder,

ein himmelfahrendes und eins das fällt;

und lassen dich, zu keinem ganz gehörend,

nicht ganz so dunkel wie das Haus, das
schweigt,

nicht ganz so sicher Ewiges beschwörend

wie das, was Stern wird jede Nacht und
steigt;

und lassen dir unsäglich zu entwirrn

dein Leben bang und riesenhaft und reifend,

so daß es, bald begrenzt und bald begrei-
fend,

abwechselnd Stein in dir wird und Gestirn.

Liebeslied

Wie soll ich meine Seele halten, dass
 sie nicht an deine rührt? Wie soll ich sie
hinheben über dich zu andern Dingen?
Ach gerne möchte ich sie bei irgendwas
Verlorenem im Dunkel unterbringen
an einer fremden stillen Stelle, die
nicht weiterschwingt, wenn deine Tiefen
schwingen.
Doch alles, was uns anrührt, dich und mich,
nimmt uns zusammen wie ein Bogenstrich,
der aus zwei Saiten *eine* Stimme zieht.
Auf welches Instrument sind wir gespannt?
Und welcher Spieler hat uns in der Hand?
O süßes Lied.

Der Panther

Sein Blick ist im Vorübergehn der Stäbe
so müd geworden, daß er nichts mehr hält.
Ihm ist, als ob es tausend Stäbe gäbe
und hinter tausend Stäben keine Welt.

Der weiche Gang geschmeidig starker
Schritte,
der sich im allerkleinsten Kreise dreht,
ist wie ein Tanz von Kraft um eine Mitte,
in der betäubt ein großer Wille steht.

Nur manchmal schiebt der Vorhang der Pu-
pille
sich lautlos auf – dann geht ein Bild hinein,
geht durch der Glieder angespannte Stille –
und hört im Herzen auf zu sein.

Das Karussell

Mit einem Dach und seinem Schatten dreht
sich eine kleine Weile der Bestand
von bunten Pferden, alle aus dem Land
das lange zögert, eh es untergeht.

Zwar manche sind an Wagen angespannt,
doch alle haben Mut in ihren Mienen;
ein böser Löwe geht mit ihnen
und dann und wann ein weißer Elefant.

Sogar ein Hirsch ist da, ganz wie im Wald,
nur daß er einen Sattel trägt und drüber
ein kleines blaues Mädchen aufgeschnallt.

Und dann und wann ein weißer Elefant.

Und auf den Pferden kommen sie vorüber,

auch Mädchen, helle, diesem Pferdesprunge

fast schon entwachsen; mitten in dem
Schwunge

schauen sie auf, irgend wohin, herüber –

Und dann und wann ein weißer Elefant.

Und das geht hin und eilt sich, daß es endet,

und kreist und dreht sich nur und hat kein
Ziel.

Ein Rot, ein Grün, ein Grau vorbeigesendet,

ein kleines, kaum begonnenes Profil -.

Und manchesmal ein Lächeln, hergewendet,

ein seliges, das blendet und verschwendet

an dieses atemlose blinde Spiel…

Römische Fontäne

Zwei Becken, eins das andre übersteigend
aus einem alten runden Marmorrand,
und aus dem oberen Wasser leis sich nei-
gend
zum Wasser, welches unten wartend stand,

dem leise redenden entgegenschweigend
und heimlich, gleichsam in der hohlen Hand,
ihm Himmel hinter Grün und Dunkel zeigend
wie einen unbekannten Gegenstand;

sich selber ruhig in der schönen Schale
verbreitend ohne Heimweh, Kreis um Kreis,
nur manchmal träumerisch und tropfenweis
sich niederlassend an den Moosbehängen
zum letzten Spiegel, der sein Becken leis
von unten lächeln macht mit Übergängen.

[Borghese: Park der Villa Borghese in Rom]

Herbst

Die Blätter fallen, fallen wie von weit,
als welkten in den Himmeln ferne Gärten;
sie fallen mit verneinender Gebärde.

Und in den Nächten fällt die schwere Erde
aus allen Sternen in die Einsamkeit.
Wir alle fallen. Diese Hand da fällt.
Und sieh dir andre an: es ist in allen.
Und doch ist Einer, welcher dieses Fallen
unendlich sanft in seinen Händen hält.

Gebet

Nacht, stille Nacht, in die verwoben sind
ganz weiße Dinge, rote, bunte Dinge,
verstreute Farben, die erhoben sind
zu Einem Dunkel, Einer Stille, - bringe
doch mich auch in Beziehung zu dem Vielen,
das du erwirbst und überredest. Spielen
denn meine Sinne noch zu sehr mit Licht?
Würde sich denn mein Angesicht
noch immer störend von den Gegenständen
abheben? Urteile nach meinen Händen:
Liegen sie nicht wie Werkzeug da und Ding?
Ist nicht der Ring selbst schlicht
an meiner Hand, und liegt das Licht
nicht ganz so, voll Vertrauen, über ihnen, -
als ob sie Wege wären, die, beschienen,
nicht anders sich verzweigen, als im Dunkel?...

Hermann Hesse

1877 - 1962

Im Nebel

Seltsam, im Nebel zu wandern!
Einsam ist jeder Busch und Stein,
kein Baum sieht den andern
jeder ist allein.

Voll von Freunden war mir die Welt,
als noch mein Leben licht war;
nun, da der Nebel fällt,
ist keiner mehr sichtbar.

Wahrlich, keiner ist weise,
der nicht das Dunkel kennt,
das unentrinnbar und leise
von allen ihn trennt.

Seltsam, im Nebel zu wandern!

Leben ist Einsamsein.

Kein Mensch kennt den andern,

jeder ist allein.

Höhe des Sommers

Das Blau der Ferne klärt sich schon
vergeistigt und gelichtet
zu jenem süßen Zauberton,
den nur September dichtet.

Der reife Sommer über Nacht
will sich zum Fenster färben,
da alles in Vollendung lacht
und willig ist zu sterben.

Entreiß dich, Seele, nun der Zeit,
entreiß dich deinen Sorgen
und mache dich zum Flug bereit
in den ersehnten Morgen.

Die Welt unser Traum

Nachts im Traum die Städt´ und Leute,
Ungeheuer, Luftgebäude,
alle, weißt du, alle steigen
aus der Seele dunklem Raum,
sind dein Bild und Werk, dein eigen,
sind dein Traum.

Geh am Tag durch Stadt und Gassen,
schau in Wolken, in Gesichter,
und du wirst verwundert fassen:
Sie sind dein, du bist ihr Dichter!
Alles, was vor deinen Sinnen
hundertfältig lebt und gaukelt,
ist ja dein, ist in dir drinnen,
Traum, den deine Seele schaukelt.
Durch dich selber ewig schreitend,
bald beschränkend dich, bald weitend,
bist du Redner und Hörer,

bist du Schöpfer und Zerstörer.

Zauberkräfte, längst vergeßne,

spinnen heiligen Betrug,

und die Welt, die unermeßne,

lebt von deinem Atemzug.

Glück

Solang du nach dem Glücke jagst,
bist du nicht reif zum Glücklichsein,
und wäre alles Liebste dein.

Solang du um Verlornes klagst,
und Ziele hast und rastlos bist,
weißt du noch nicht, was Friede ist.

Erst wenn du jedem Wunsch entsagst,
nicht Ziel mehr noch Begehren kennst,
das Glück nicht mehr mit Namen nennst,

dann reicht dir des Geschehens Flut
nicht mehr ans Herz – und deine Seele ruht.

In Sand geschrieben

Daß das Schöne und Berückende
nur ein Hauch und Schauer sei,
daß das Köstliche, Entzückende,
Holde ohne Dauer sei:
Wolke, Blume, Seifenblase,
Feuerwerk und Kinderlachen,
Frauenblick und Spiegelglase
und viel andre wunderbare Sachen,
daß sie, kaum entdeckt, vergehen,
nur von Augenblickes Dauer,
nur ein Duft und Windeswehen,
Ach, wir wissen es mit Trauer,
und das Dauerhafte, Starre
ist uns nicht so innig teuer:
Edelstein mit kühlem Feuer,
glänzendschwere Goldesbarre:
selbst die Sterne, nicht zu zählen,
bleiben fern und fremd, sie gleichen
uns Vergänglichen nicht, erreichen

nicht das Innerste der Seelen.

Nein, es scheint das innigst Schöne,

Liebenswerte dem Verderben

zugeneigt, stets nah am Sterben,

und das Köstlichste: die Töne

der Musik, die im Entstehen

schon enteilen, schon vergehen,

sind nur Wehen, Strömen, Jagen

und umweht von leiser Trauer,

denn auch nicht auf Herzschlags Dauer

lassen sie sich halten, bannen;

Ton um Ton, kaum angeschlagen,

schwindet schon und rinnt von dannen.

So ist unser Herz dem Flüchtigen,

ist dem Fließenden, dem Leben

treu und brüderlich ergeben,

nicht dem Festen, Dauertüchtigen.

Bald ermüdet uns das Bleibende,

Fels und Sternwelt und Juwelen,

uns in ewigem Wandel treibende

Wind -und Seifenblasenseelen,

Zeitvermählte, Dauerlose,

denen Tau am Blatt der Rose,

denen eines Vogels Werben,

eines Wolkenspieles Sterben,

Schneegeflimmer, Regenbogen,

Falter, schon hinweg geflogen,

denen eines Lachens Läuten,

das uns im Vorübergehen

kaum gestreift, ein Fest bedeuten

oder wehtun kann. Wir lieben,

was uns gleich ist und verstehen,

was der Wind in Sand geschrieben.

Bekenntnis

Holder Schein, an deine Spiele
sieh mich willig hingegeben;
andre haben Zwecke, Ziele,
mir genügt es schon, zu leben.

Gleichnis will mir alles scheinen,
was mir je die Sinne rührte,
des Unendlichen und Einen,
das ich stets lebendig spürte.

Solche Bilderschrift zu lesen,
wird mir stets das Leben lohnen,
denn das Ewige, das Wesen,
weiß ich in mir selber wohnen.

Stufen

Wie jede Blüte welkt und jede Jugend

dem Alter weicht, blüht jede Lebensstufe,

blüht jede Weisheit auch und jede Tugend

zu ihrer Zeit und darf nicht ewig dauern.

Es muß das Herz bei jedem Lebensrufe

bereit zum Abschied sein und Neubeginne,

um sich in Tapferkeit und ohne Trauern

in andre, neue Bindungen zu geben.

Und jedem Anfang wohnt ein Zauber inne,

der uns beschützt und hilft zu leben.

Wir sollen heiter Raum um Raum durch-
schreiten,

an keinem wie an einer Heimat hängen,

der Weltgeist will nicht fesseln uns und engen,

er will uns Stuf` um Stufe heben, weiten.

Kaum sind wir heimisch einem Lebenskreise

und traulich eingewohnt, so droht Erschlaffen;

nur wer bereit zu Aufbruch ist und Reise,

mag lähmender Gewöhnung sich entraffen.

Es wird vielleicht auch noch die Todesstunde

uns neuen Räumen jung entgegen senden,

des Lebens Ruf an uns wird niemals enden...

wohlan denn, Herz, nimm Abschied und gesunde!

Johann Wolfgang von Goethe

1749 - 1832

Abschied

Zu lieblich ist`s, ein Wort zu brechen,
zu schwer die wohlerkannte Pflicht,
und leider kann man nichts versprechen,
was unserm Herzen widerspricht.

Du übst die alten Zauberlieder,
du lockst ihn, der kaum ruhig war,
zum Schaukelkahn der süßen Torheit wieder,
Erneurst, verdoppelst die Gefahr.

Was suchst du mir, dich zu verstecken!
Sei offen, flieh nicht meinen Blick!
Früh oder spät musst ich`s entdecken,
und hier hast du dein Wort zurück.

Was ich gesollt, hab ich vollendet,
Durch mich sei dir von nun an nichts verwehrt;
Allein verzeih dem Freund, der sich nun von dir wendet
Und still in sich zurücke kehr.

Rastlose Liebe

Dem Schnee, dem Regen,
dem Wind entgegen,
im Dampf der Klüfte
durch Nebeldüfte,
immer zu! Immer zu!
Ohne Rast und Ruh!

Lieber durch Leiden
möcht ich mich schlagen,
als so viel Freuden
des Lebens ertragen.
Allein das Neigen
von Herzen zu Herzen
ach, wie so eigen
schaffet das Schmerzen!

Wie soll ich fliegen?
Wälderwärts ziehen?
Alles vergebens!
Krone des Lebens,
Glück ohne Ruh,
Liebe bist du!

An Cupido

Cupido, loser, eigensinniger Knabe!
Du batst mich um Quartier auf einige Stunden.
Wieviel Tag` und Nächte bist du geblieben!
Und bist nun herrisch und Meister im Hause
geworden!

Von meinem breiten Lager bin ich vertrieben;
nun sitz ich an der Erde, Nächte gequälet;
dein Mutwill schüret Flamme und Flamme
des Herdes,
verbrennet den Vorrat des Winters und senget mich Armen.
Du hast mir meine Geräte verstellt und verschoben;
ich such und bin wie blind und irre geworden.
Du lärmst so ungeschickt; ich fürchte, das
Seelchen
Entflieht, um dir zu entfliehn, und räumet
die Hütte.

Erlkönig

Wer reitet so spät durch Nacht und Wind?
Es ist der Vater mit seinem Kind;
Er hat den Knaben wohl in dem Arm,
er faßt ihn sicher, er hält ihn warm.

Mein Sohn, was birgst du so bang dein Ge-
sicht? –
Siehst Vater, du den Erlkönig nicht?
Den Erlkönig mit Kron und Schweif? –
Mein Sohn, es ist ein Nebelstreif. –

„Du liebes Kind, komm geh mit mir!
Gar schöne Spiele spiel ich mit dir;
manch bunte Blumen sind an dem Strand,
meine Mutter hat manch gülden Gewand."

Mein Vater, mein Vater, und hörest du
nicht,

was Erlenkönig mir leise verspricht? –

Sei ruhig, bleibe ruhig, mein Kind;

in dürren Blättern säuselt der Wind. –

„Willst, feiner Knabe, du mit mir gehn?

Meine Töchter sollen dich warten schön;

meine Töchter führen den nächtlichen Reihn

und wiegen und tanzen und singen dich
ein."

Mein Vater, mein Vater, und siehst du nicht
dort

Erlkönigs Töchter am düstern Ort? –

Mein Sohn, mein Sohn, ich seh es genau:

Es scheinen die alten Weiden so grau. –

„Ich liebe dich, mich reizt deine schöne Gestalt,

und bist du nicht willig, so brauch ich Gewalt."

Mein Vater, mein Vater, jetzt faßt er mich an!

Erlkönig hat mir ein Leids getan! –

Dem Vater grauset`s, er reitet geschwind,

er hält in den Armen das ächzende Kind,

erreicht den Hof mit Müh und Not;

in seinen Armen das Kind war tot.

Kein Wesen

Kein Wesen kann zu nichts zerfallen!
Das Ew`ge regt sich fort in allen,

Am Sein erhalte dich beglückt!
Das Sein ist ewig: denn Gesetze
Bewahren die lebend`gen Schätze,
Aus welchen sich das All geschmückt.

Zitat

„Im Grunde aber sind wir alle kollektive
Wesen, wir mögen uns stellen, wie wir
wollen. Denn wie weniges haben und sind
wir, das wir im reinsten Sinne unser Eigentum
nennen! Wir müssen alle empfangen und
lernen, sowohl von denen, die vor uns waren,
als von denen, die mit uns sind. Selbst das
größte Genie würde nicht weit kommen,
wenn es alles seinem eigenen Innern verdan-
ken wollte."

(Goethe zu Johann Peter Eckermann, 17. Februar 1832)

Eins und Alles

Im Grenzenlosen sich zu finden,
wird gern der Einzelne verschwinden,
da löst sich aller Überdruß;
statt heißem Wünschen, wildem Wollen,
statt läst´gem Fordern, strengem Sollen
sich aufzugeben ist Genuß.

Weltseele, komm uns zu durchdringen!
Dann mit dem Weltgeist selbst zu ringen
wird unsrer Kräfte Hochberuf.
Teilnehmend führen gute Geister,
gelinde leitend, höchste Meister,
zu dem, der alles schafft und schuf.

Und umzuschaffen das Geschaffne,
damit sich´s nicht zum Starren waffne,
wirkt ewiges lebend´gesTun.
Und was nicht war, nun will es werden
zu reinen Sonnen, farbigen Erden,
in keinem Falle darf es ruhn.

Es soll sich regen, schaffend handeln,

erst sich gestalten, dann verwandeln;

nur scheinbar steht's Momente still.

Das Ewige regt sich fort in allen:

Denn alles muß in nichts zerfallen,

wenn es im Sein beharren will.

An den Mond III

Füllest wieder Busch und Tal
still mit Nebelglanz,
lösest endlich auch einmal
meine Seele ganz.

Breitest über mein Gefild
lindernd deinen Blick,
wie des Freundes Auge mild
über mein Geschick.

Jeden Nachklang fühlt mein Herz
froh` und trüber Zeit,
wandle zwischen Freud und Schmerz
in der Einsamkeit.

Fließe, fließe, lieber Fluß!

Nimmer werd` ich froh,

so verrauschte Scherz und Kuß,

und die Treue so.

Und besaß es doch einmal,

was so köstlich ist!

Daß man doch zu seiner Qual

nimmer es vergißt!

Rausche, Fluß, das Tal entlang,

ohne Rast und Ruh,

rausche, flüstre meinem Sang

Melodien zu,

wenn du in der Winternacht

wütend überschwillst

oder um die Frühlingspracht

junger Knospen quillst.

Selig, wer sich vor der Welt
ohne Haß verschließt,
einen Freund am Busen hält
und mit dem genießt,

was von Menschen nicht gewußt
oder nicht bedacht,
durch das Labyrinth der Brust
wandelt in der Nacht.

Ach, wie sehn ich mich nach dir

Ach, wie sehn ich mich nach dir,
kleiner Engel! Nur im Traum,
nur im Traum erscheine mir!
Ob ich da gleich viel erleide,
bang um dich mit Geistern streite
und erwachend atme kaum.
Ach, wie sehn ich mich nach dir,
ach, wie teuer bist du mir,
selbst in einem schweren Traum.

Erster Verlust

Ach, wer bringt die schönen Tage,
jene Tage der ersten Liebe,
ach, wer bringt nur eine Stunde
jener holden Zeit zurück!

Einsam nähr ich meine Wunde,
und mit stets erneuter Klage
traur ich ums verlorne Glück.

Ach, wer bringt die schönen Tage,
jene holde Zeit zurück!

Willkommen und Abschied

Es schlug mein Herz. Geschwind, zu Pferde!
Und fort, wild wie ein Held zur Schlacht.
Der Abend wiegte schon die Erde,
und an den Bergen hing die Nacht.
Schon stund im Nebelkleid die Eiche
wie ein getürmter Riese da,
wo Finsternis aus dem Gesträuche
mit hundert schwarzen Augen sah.

Der Mond von einem Wolkenhügel
sah schläfrig aus dem Duft hervor,
die Winde schwangen leise Flügel,
umsausten schauerlich mein Ohr.
Die Nacht schuf tausend Ungeheuer,
doch tausendfacher war mein Mut,
mein Geist war ein verzehrend Feuer,
mein ganzes Herz zerfloß in Glut

Ich sah dich, und die milde Freude
floß aus dem süßen Blick auf mich.
Ganz war mein Herz an deiner Seite,
und jeder Atemzug für dich.
Ein rosenfarbnes Frühlingswetter
lag auf dem lieblichen Gesicht
und Zärtlichkeit für mich, ihr Götter,
ich hofft` es, ich verdient es nicht.

Der Abschied, wie bedrängt, wie trübe!
Aus deinen Blicken sprach dein Herz.
In deinen Küssen welche Liebe,
o welche Wonne, welcher Schmerz!
Du gingst, ich stund und sah zur Erden
und sah dir nach mit nassem Blick.
Und doch, welch Glück, geliebt zu werden,
und lieben, Götter, welch ein Glück!

Freudvoll und leidvoll

Freudvoll

Und leidvoll,

Gedankenvoll sein,

Hangen

Und Bangen

In schwebender Pein,

Himmelhoch jauchzend,

zu Tode betrübt –

Glücklich allein

Ist die Seele, die liebt.

Osterspaziergang

Vom Eise befreit sind Strom und Bäche

durch des Frühlings holden, belebenden
Blick,

im Tale grünet Hoffnungsglück;

der alte Winter, in seiner Schwäche,

zog sich in rauhe Berge zurück.

Von dorther sendet er, fliehend, nur

ohnmächtige Schauer körnigen Eises

in Streifen über die grünende Flur;

aber die Sonne duldet kein Weißes,

überall regt sich Bildung und Streben,

alles will sie mit Farben beleben;

doch an Blumen fehlts im Revier,

sie nimmt geputzte Menschen dafür.

Kehre dich um von diesen Höhen

nach der Stadt zurück zu sehen.

Aus dem hohen finstern Tor

dringt ein buntes Gewimmel hervor.

Jeder sonnt sich heute so gern.

Sie feiern die Auferstehung des Herrn,

denn sie sind selber auferstanden,

aus niedriger Häuser dumpfen Gemächern,

aus Handwerks- und Gewerbes Banden

aus dem Druck von Giebeln und Dächern,

aus Straßen quetschender Enge,

aus den Kirchen ehrwürdiger Nacht

sind sie alle ans Licht gebracht.

Sieh nur sieh! wie behend sich die Menge

durch die Gärten und Felder zerschlägt,

wie der Fluß, in Breit` und Länge,

so manchen lustigen Nachbarn bewegt,

und, bis zum Sinken überladen

entfernt sich dieser letzte Kahn.

Selbst von des Berges fernen Pfaden

blinken uns farbige Kleider an.

Ich höre schon des Dorfs Getümmel,

hier ist des Volkes wahrer Himmel,

zufrieden jauchzet groß und klein:

hier bin ich Mensch, hier darf ich sein.

Joseph von Eichendorff

1788 - 1857

Schläft ein Lied in allen Dingen

Schläft ein Lied in allen Dingen,

die da träumen fort und fort,

und die Welt hebt an zu singen,

triffst du nur das Zauberwort.

Morgengebet

O wunderbares, tiefes Schweigen,
wie einsam ist`s noch auf der Welt!
Die Wälder nur sich leise neigen,
als ging der Herr durch`s stille Feld.

Ich fühl mich recht wie neu geschaffen,
wo ist die Sorge nun und Not?
Was mich noch gestern wollt` erschlaffen,
ich schäm` mich des im Morgenrot.

Die Welt mit ihrem Gram und Glücke
will ich, ein Pilger, frohbereit
betreten nur wie eine Brücke
zu Dir, Herr, über`n Strom der Zeit.

Und buhlt mein Lied, auf Weltgunst lauernd,

um schnöden Sold der Eitelkeit

zerschlag mein Saitenspiel, und schauernd

schweig` ich vor Dir in Ewigkeit.

Liebes, wunderschönes Leben

Liebes, wunderschönes Leben,

willst du wieder mich verführen,

soll ich wieder Abschied geben

fleißig ruhigem Studieren?

Offen stehen Fenster, Türen,

draußen Frühlingsboten schweben,

Lerchen schwirrend sich erheben,

Echo will im Wald sich rühren.

Wohl da hilft kein Widerstreben,

tief im Herzen muß ich`s spüren:

Liebes, wunderschönes Leben,

wieder wirst du mich verführen!

Schöne Fremde

Es rauschen die Wipfel und schauern,

als machten zu dieser Stund`

um die halbversunkenen Mauern

die alten Götter die Rund`.

Hier hinter den Myrtenbäumen

in heimlich dämmernder Pracht,

was sprichst du wirr wie in Träumen

zu mir, phantastische Nacht?

Es funkeln auf mich alle Sterne

mit glühendem Liebesblick,

es redet trunken die Ferne

wie von künftigem, großen Glück!

Der Abend

Schweigt des Menschen laute Lust

rauscht die Erde wie in Träumen

wunderbar mit allen Bäumen,

was dem Herzen kaum bewußt,

alte Zeiten, linde Trauer,

und es schweifen leise Schauer

wetterleuchtend durch die Brust.

Nachtzauber

Hörst du nicht die Quellen gehen

zwischen Stein und Blumen weit

nach den stillen Waldesseen,

wo die Marmorbilder stehen

in der schönen Einsamkeit?

Von den Bergen sacht hernieder,

wecken die uralten Lieder,

steigt die wunderbare Nacht,

und die Gründe glänzen wieder,

wie das oft im Traum gedacht.

Kennst die Blume du, entsprossen

in dem mondbeglänzten Grund?

Aus der Knospe halb erschlossen

junge Glieder blühend sprossen,

weiße Arme, roter Mund,

und die Nachtigallen schlagen,

und rings hebt es an zu klagen

ach, vor Liebe todeswund,

von versunknen, schönen Tagen,
komm, o komm zum stillen Grund.

Mondnacht

Es war, als hätt` der Himmel

die Erde still geküßt,

daß sie im Blütenschimmer

von ihm nun träumen müßt`.

Die Luft ging durch die Felder,

die Ähren wogten sacht,

es rauschten leis` die Wälder,

so sternklar war die Nacht.

Und meine Seele spannte

weit ihre Flügel aus,

flog durch die stillen Lande,

als flöge sie nach Haus.

Friedrich Schiller

1759 - 1805

Hoffnung

Es reden und träumen die Menschen viel

von bessern künftigen Tagen,

nach einem glücklichen, goldenen Ziel

sieht man sie rennen und jagen.

Die Welt wird alt und wird wieder jung,

doch der Mensch hofft immer Verbesse-
rung.

Die Hoffnung führt ihn ins Leben ein,

sie umflattert den fröhlichen Knaben,

den Jüngling locket ihr Zauberschein,

sie wird mit dem Greis nicht begraben,

denn beschließt er im Grabe den müden
Lauf,

noch am Grabe pflanzt er – die Hoffnung
auf.

Es ist kein leerer schmeichelnder Wahn,

erzeugt im Gehirne des Toren,

im Herzen kündet es laut sich an:

zu was Besserm sind wir geboren!

Und was die innere Stimme spricht,

das täuscht die hoffende Seele nicht.

Sehnsucht

Ach, aus dieses Tales Gründen,

die der kalte Nebel drückt,

könnt ich doch den Ausgang finden,

ach wie fühlt ich mich beglückt!

Dort erblick ich schöne Hügel,

ewig jung und ewig grün!

Hätt ich Schwingen, hätt ich Flügel,

nach den Hügeln zög ich hin.

Harmonien hör ich klingen,

Töne süßer Himmelsruh,

und die leichten Winde bringen

mir der Düfte Balsam zu.

Goldne Früchte seh ich glühen,

winkend zwischen dunkelm Laub,

und die Blumen, die dort blühen,

werden keines Winters Raub.

Ach wie schön muß sich`s ergehen

dort im ewgen Sonnenschein,

und die Luft auf jenen Höhen,

o wie labend muß sie sein!

Doch mir wehrt des Stromes Toben,

er ergrimmt dazwischen braust,

seine Wellen sind gehoben,

daß die Seele mir ergraust.

Einen Nachen seh ich schwanken,

aber ach! Der Fährmann fehlt.

Frisch hinein und ohne Wanken,

seine Segel sind beseelt.

Du mußt glauben, du mußt wagen,

denn die Götter leihn kein Pfand,

nur ein Wunder kann dich tragen

in das schöne Wunderland.

Das ist der Liebe heilger Götterstrahl

Das ist der Liebe heilger Götterstrahl,

der in die Seele schlägt und trifft und zün-
det,

wenn sich Verwandtes zum Verwandten findet,

da ist kein Widerstand und keine Wahl,

es löst der Mensch nicht, was der Himmel
bindet.

Des Menschen Taten und Gedanken

Des Menschen Taten und Gedanken, wißt!

Sind nicht wie Meeres blindbewegte Wellen.

Die innre Welt, sein Mikrokosmos, ist

Der tiefe Schacht, aus dem sie ewig quellen.

Das Ideal und das Leben

Ewigklar und spiegelrein und eben

fließt das zephirleichte Leben

im Olymp des Seligen dahin.

Monde wechseln und Geschlechter fliehen,

ihrer Götterjugend Rosen blühen

wandellos im ewigen Ruin.

Zwischen Sinnenglück und Seelenfrieden

Bleibt dem Menschen nur die bange Wahl;

Auf der Stirn des hohen Uraniden

leuchtet ihr vermählter Strahl.

Wollt ihr schon auf Erden Göttern gleichen,

frei sein in des Todes Reichen,

brechet nicht von seines Gartens Frucht.

An dem Scheine mag der Blick sich weiden,

des Genußes wandelbare Freuden

rächet schleunig der Begierde Flucht.

Selbst der Styx, der neunfach sie umwindet,

wehrt die Rückkehr Ceres` Tochter nicht,

nach dem Apfel greift sie, und es bindet

ewig sie des Orkus Pflicht.

Nur der Körper eignet jenen Mächten,

die das dunkle Schicksal flechten,

aber frei von jeder Zeitgewalt,

die Gespielin seliger Naturen

wandelt oben in des Lichtes Fluren,

göttlich unter Göttern, die *Gestalt.*

Wollt ihr hoch auf ihren Flügeln schweben,

werft die Angst des Irdischen von euch.

Fliehet aus dem engen dumpfen Leben

In des Ideales Reich!

Jugendlich von allen Erdenmalen

frei, in der Vollendung Strahlen

schwebet hier der Menschen Götterbild,

wie des Lebens schweigende Phantome

glänzend wandelnd an dem styg´schen
Strome,

wie sie stand im himmlischen Gefild,

ehe noch zum traurgen Sarkophage

die Unsterbliche herunterstieg.

Wenn im Leben noch des Kampfes Waage

schwankt, erscheinet hier der Sieg.

Nicht vom Kampf die Glieder zu entstricken,

den Erschöpften zu erquicken,

wehet hier des Sieges duftger Kranz.

Mächtig, selbst wenn eure Sehnen ruhten,

reißt das Leben euch in seine Fluten,

euch die Zeit in ihren Wirbeltanz.

Aber sinkt des Mutes kühner Flügel

bei der Schranken peinlichem Gefühl,

dann erblicket von der Schönheit Hügel

freudig das erflogne Ziel.

Wenn es gilt zu herrschen und zu schirmen,

Kämpfer gegen Kämpfer stürmen

auf des Glückes, auf des Ruhmes Bahn,

da mag Kühnheit sich an Kraft zerschlagen,

und mit krachendem Getös die Wagen

sich vermengen auf bestäubtem Plan.

Mut allein kann hier den Dank erringen,

der am Ziel des Hippodromes winkt,

nur der Starke wird das Schicksal zwingen,

wenn der Schwächling untersinkt.

Aber der, von Klippen eingeschlossen,

wild und schäumend sich ergossen,

sanft und eben rinnt des Lebens Fluß

durch der Schönheit stille Schattenlande,

und auf seiner Wellen Silberrande

malt Aurora sich und Hesperus.

Aufgelöst in zarter Wechselliebe,

in der Anmut freiem Bund vereint,

ruhen hier die ausgesöhnten Triebe,

und verschwunden ist der Feind.

Wenn, das Tote bildend zu beseelen,

mit dem Stoff sich zu vermählen,

tatenvoll der Genius entbrennt,

da, da spanne sich des Fleißes Nerve,

und beharrlich ringend unterwerfe

der Gedanke sich das Element.

Nur dem Ernst, der keine Mühe bleichet,

rauscht der Wahrheit tief versteckter Born,

nur des Meisels schwerem Schlag erweichet

sich des Marmors sprödes Korn.

Aber dringt bis in der Schönheit Sphäre,

und im Staube bleibt die Schwere

mit dem Stoff, den sie beherrscht, zurück.

Nicht der Masse qualvoll abgerungen,

schlank und leicht, wie aus dem Nichts ge-
sprungen,

steht das Bild vor dem entzückten Blick.

Alle Zweifel, alle Kämpfe schweigen

in des Sieges hoher Sicherheit,

ausgestoßen hat es jeden Zeugen

menschlicher Bedürftigkeit.

Wenn ihr in der Menschheit traur`ger Blöße

steht vor des Gesetzes Größe,

wenn dem Heiligen die Schuld sich naht,

da erblasse vor der Wahrheit Strahle

eure Tugend, vor dem Ideale

fliehe mutlos die beschämte Tat.

Kein Erschaffner hat dies Ziel erflogen,

über diesen grauenvollen Schlund

trägt kein Nachen, keiner Brücke Bogen,

und kein Anker findet Grund.

Aber flüchtet aus der Sinne Schranken

In die Freiheit der Gedanken,

und die Furchterscheinung ist entflohn,

und der ew′ge Abgrund wird sich füllen;

nehmt die Gottheit auf in euern Willen,

und sie steigt von ihrem Weltenthron.

Des Gesetzes strenge Fessel bindet

Nur den Sklavensinn, der es verschmäht,

mit des Menschen Widerstand verschwindet

auch des Gottes Majestät.

Wenn der Menschheit Leiden euch umfangen,

wenn Laookon der Schlangen

sich erwehrt mit namenlosem Schmerz,

da empöre sich der Mensch! Es schlage

an des Himmels Wölbung seine Klage

und zerreiße euer fühlend Herz!

Der Natur furchtbare Stimme siege,

und der Freude Wange werde bleich,

und der heil'gen Sympathie erliege

das Unsterbliche in euch!

Aber in den heitern Regionen,

wo die reinen Formen wohnen,

rauscht des Jammers trüber Strom nicht
mehr.

Hier darf Schmerz die Seele nicht durch-
schneiden,

keine Träne fließt hier mehr dem Leiden,

nur des Geistes tapfre Gegenwehr.

Lieblich wie der Iris Farbenfeuer

auf der Donnerwolke duft'gem Tau

schimmert durch der Wehmut düstern
Schleier

hier der Ruhe heitres Blau.

Tief erniedrigt zu des Feigen Knechte,

ging in ewigem Gefechte

einst Alcid des Lebens schwere Bahn,

rang mit Hydern und umarmt´ den Leuen,

stürzte sich, die Freunde zu befreien,

lebend in des Totenschiffes Kahn

wälzt der unversöhnten Göttin List

auf die will´gen Schultern des Verhaßten,

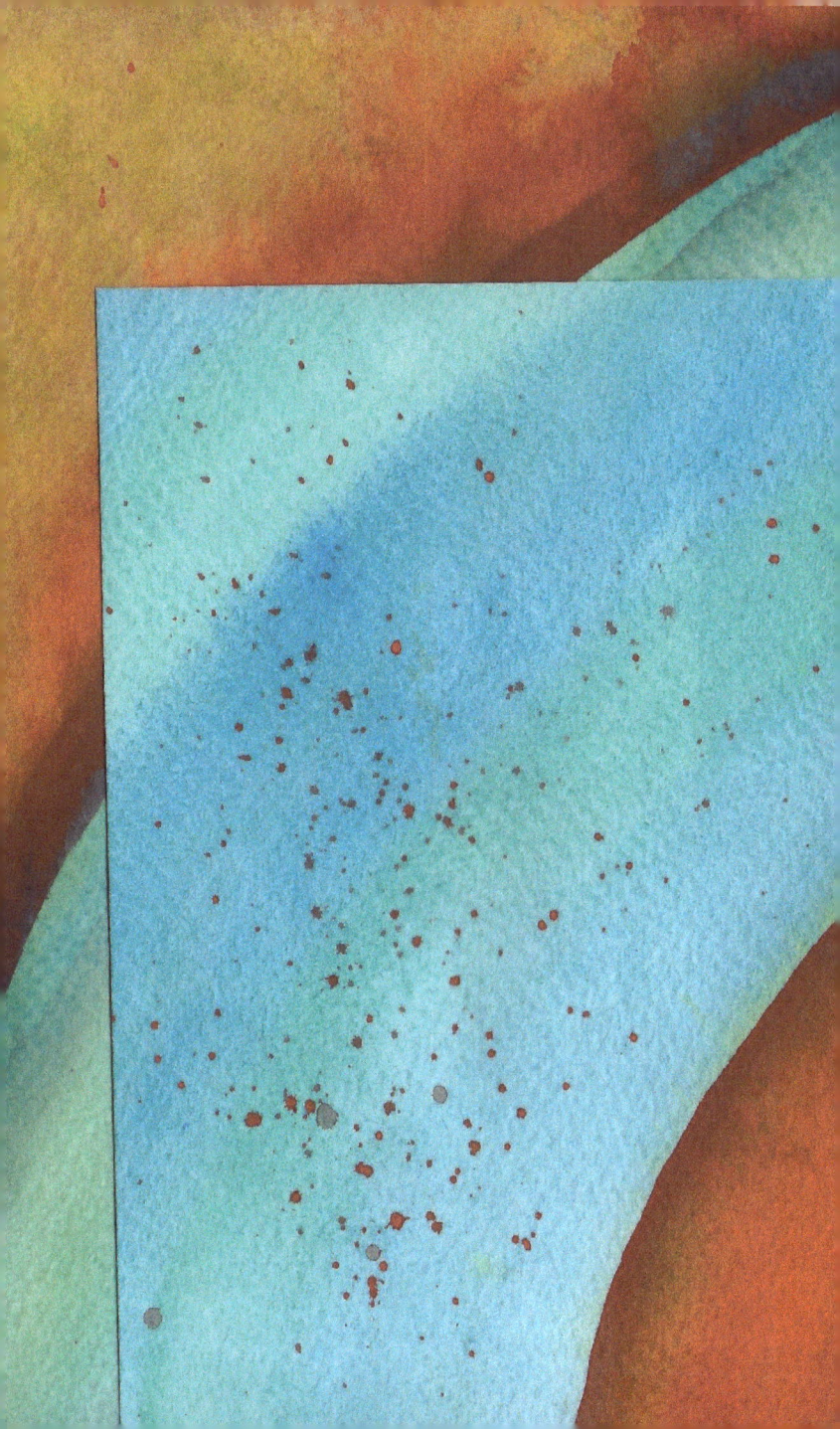

Gottfried Benn

1886 - 1956

Letzter Frühling

Nimm die Forsythien tief in dich hinein

und wenn der Flieder kommt, vermisch auch diesen

mit deinem Blut und Glück und Elendsein,

dem dunklen Grund, auf den du angewiesen.

Langsame Tage. Alles überwunden.

Und fragst du nicht, ob Ende, ob Beginn,

dann tragen dich vielleicht die Stunden

noch bis zum Juni mit den Rosen hin.

Wohin

Wohin kannst du mich noch führen,
dem längst die Sterne entfacht,
die Weiten atmen und spüren
die ganze Tiefe der Nacht?

Wovon kannst du mich noch lösen,
dem alles gleitet und rinnt,
die Stimmen, die guten, die bösen,
ihre Schilfe rauschen im Wind?

Wovon gibst du noch Kunde,
wozu, von wem erwählt,
dem in Fäden der Spinne die Stunde,
nur sie, die fallende, zählt?

Astern

Astern – schwälende Tage,
alte Beschwörung, Bann,
die Götter halten die Waage
eine zögernde Stunde an.

Noch einmal die goldenen Herden,
der Himmel, das Licht, der Flor,
was brütet das alte Werden
unter den sterbenden Flügeln hervor?

Noch einmal das Ersehnte,
den Rausch, der Rosen Du –
der Sommer stand und lehnte
und sah den Schwalben zu,

noch einmal ein Vermuten,

wo längst Gewißheit wacht:

Die Schwalben streifen die Fluten

und trinken Fahrt und Nacht.

Wie lange noch

„Wie lange noch, dann fassen

wir weder Gram noch Joch,

du kannst mich doch nicht lassen,

du weißt es doch,

die Tage, die uns einten,

ihr Immer und ihr Nie,

die Nächte, die wir weinten,

vergißt du die?

Wenn du bei Sommerende

durch diese Landschaft gehst,

die Felder, das Gelände,

und schon im Dämmer stehst,

ist es nicht doch die Leere,

das Dunkel, das du fliehst,

ist es nicht doch das Schwere,

wenn du mich gar nicht siehst?

Die Falten und der Kummer

auf meinen Zügen tief,

das ist doch auch der Schlummer,

den hier das Leben schlief,

die eingeglühten Zeichen,

die Male dort und hier

sind doch aus *unseren* Reichen,

die litten *wir.*

Ja, gehst du denn zu Grabe,

daß es nun gar nichts gibt,

so gehe – ach, ich habe

dich so geliebt,

doch ist es eine Wende,

vergiß auch nie,

es gibt ein Sommerende,

und Nächte, die

das Herz umfassen

mit Gram und Joch,

die du verlassen,

Entfernten so!"

Noch einmal

Noch einmal weinen – und sterben

mit dir: den dunklen Sinn

von Liebe und Verderben

den fremden Göttern hin.

Du kannst es doch nicht hüten,

es bleibt doch immer nah:

was nicht aus Meer und Blüten,

ist nur in Qualen da.

Versinken und erheben,

vergessen und erspähn,

die letzten Fluten geben,

die letzten Gluten mähn.

Das Weben ohne Masche,

das Säumen ohne Sinn –

die Tränen und die Asche

den fremden Göttern hin.

Tag, der den Sommer endet

Tag, der den Sommer endet,

Herz, dem das Zeichen fiel.

Die Flammen sind versendet,

die Fluten und das Spiel.

Die Bilder werden blasser,

entrücken sich der Zeit.

Wohl spiegelt sie noch ein Wasser,

doch auch dies Wasser ist weit.

Du hast eine Schlacht erfahren,

trägst noch ihr Stürmen, ihr Fliehn,

indessen die Schwärme, die Scharen,

die Heere weiterziehn.

Rosen und Waffenspanner,

Pfeile und Flammen weit-;

die Zeichen sinken, die Banner-;

Unwiederbringlichkeit.

Stefan Zweig

1881 - 1942

Nocturno

Siehe die Nacht hat silberne Saiten
in die träumenden Saaten gespannt!
Weiche verzitterte Klänge gleiten
über das selig atmende Land
fernhin in schimmernde Weiten.

Sanft wie eine segnende Hand
tönt und vertönt ihre Weise
leise… so leise… so leise…

Und die Seele hebt ihre Schwingen,
silberne Klänge sind ihre Flügel,
weit über duftumsponnene Hügel
durch der Täler verdämmernden Schein
schwebt sie auf sehnsuchtgewiesener Reise
still ins strömende Mondlicht hinein…

Träume

Du mußt dich ganz deinen Träumen vertrauen

und ihr heimlichstes Wesen erlernen,

wie sie sich hoch in den flutenden blauen

Fernen verlieren gleich wehenden Sternen.

Und wenn sie in deine Nächte glänzen

und Wunsch und Wille, Geschenk und Gefahr

lächelnd verknüpfen zu flüchtigen Kränzen,

so nimm sie wie milde Blüten ins Haar.

Und schenke dich ganz ihrem leuchtenden
Spiele:

In ihnen ist Wahrheit des ewigen Scheins,

schöne Schatten all deiner Ziele

rinnen sie einst mit den Taten in Eins.

Die Zärtlichkeiten

Ich liebe jene bangen ersten Zärtlichkeiten,
die halb noch Frage sind und halb schon An-
vertraun,
weil hinter ihnen schon die wilden Stunden
schreiten,
die sich wie Pfeiler wuchtend in das Leben
baun.

Ein Duft sind sie; des Blutes flüchtigste Be-
rührung,
ein rascher Blick, ein Lächeln, eine leise
Hand –
sie knistern schon wie rote Funken der Ver-
führung
und stürzen Feuergarben in der Nächte
Brand.

Und sind doch seltsam süß, weil sie im Spiel
gegeben
noch sanft und absichtslos und leise nur ver-
wirrt,
wie Bäume, die dem Frühlingswind entge-
genbeben,
der sie in seiner harten Faust zerbrechen
wird.

Die Hände

Eine stille große Güte

wacht nun zärtlich um mein Leben.

Zweier Hände weiße Blüte

fühl ich durch mein Dunkel schweben.

Meine Seele klingt von Lachen,

doch sie wagt sich kaum zu rühren,

denn sie fürchtet ein Erwachen

könnte ihren Traum entführen.

Und sie läßt die schlanken Hände

wortlos zu sich niederneigen,

aber wundersame Spende

wacht und wartet in dem Schweigen.

Denn im Schweigen dämmern Reime,

die sich sacht zu Versen bauen,

und aus halberschloßnem Keime

hebt sich leuchtend das Vertrauen.

Dieses selige Erleben

als ein Lied den schmalen, weichen

Händen, die es mir gegeben,

tiefbeseligt darzureichen.

Morgenlicht

Nun wollen wir dem Licht entgegen,

das um die Purpurwipfel rollt.

Das Leuchten flammt auf allen Wegen

und wächst und wird zum Morgengold.

Die glutumlohten Tannen singen

und Jubel bricht aus jedem Klang,

wie kampfbereites Fahnenschwingen

braust durch den Wald der Höhensang.

Und lauter werden alle Weisen

und jedes Wesen sucht sein Lied,

die Schaffenskraft des Lichts zu preisen,

das nun ins volle Leben glüht.

Stille Insel (Bretagne)

Glocken über die Fluren

hör ich vom Lande wehn

und kann schon die Konturen

der runden Türme nicht mehr sehn.

Die Nacht, das Meer. Zwei blaue Bänder

durchstickt mit Sternengold,

haben die Ränder

der Insel in ihre Falten gerollt.

Alles wird Ferne und

sinkendes Schweigen.

Wortlos neigen

die Winde sich nahe an meinen Mund.

Weit und wie ohne Wiederkehr

scheint dies alles, das mir entgleitet,

die braunen Hügel, das blinkende Meer,

die Bäume, die winkend im Hafen stehn,

die Glocken, die über die Wasser wehn.

Und ich bin schon bereitet

ins Dunkel, das sich drohend verbreitet,

mit ihnen zu gehn

abendallein

mit meinem lastenden Einsamsein.

Da weht von den späten

Gehöften zwischen den Hügeln, die

mit leisem Schritt in den Abend treten,

noch eine schüchterne Melodie.

Und süß beklommen höre ich, wie

Kinder zu Gott in das Dunkel hinein

um Schlaf und gütige Träume beten.

Drängen

Ein Drängen ist in meinem Herz, ein Beben

nach einem großen, segnenden Erleben,

nach einer Liebe, die die Seele weitet

und jede fremde Regung niederstreitet.

Ich harre Tage, Stunden, Wochen,

mein Herz bleibt stumm, die Worte unge-
sprochen

in müde Lieder flüchtet sich mein Sehnen

und heiße Nächte trinken meine Tränen…

Annette Droste-Hülshoff

1797 - 1848

Mondesaufgang

An des Balkones Gitter lehne ich

und wartete, du mildes Licht, auf dich.

Hoch über mir, gleich trübem Eiskristalle,

zerschmolzen schwamm des Firmamentes
Halle;

der See verschimmerte mit leisem Dehnen,

zerfloßne Perlen oder Wolkentränen?

Es rieselte, es dämmerte um mich,

ich wartete, du mildes Licht, auf dich.

Hoch stand ich, neben mir der Linden
Kamm,

tief unter mir Gezweige, Ast und Stamm;

im Laube summte der Phalänen Reigen,

die Feuerfliege sah ich glimmend steigen,

und Blüten taumelten wie halb entschlafen;

mir war, als treibe hier ein Herz zum Hafen,

ein Herz, das übervoll von Glück und Leid

und Bildern seliger Vergangenheit.

Das Dunkel stieg, die Schatten drangen ein –

wo weilst du, weilst du denn, du milder Schein?

Sie drangen ein, wie sündige Gedanken,

des Firmamentes Woge schien zu schwanken,

verzittert war der Feuerfliege Funken,

längst die Phaläne auf den Grund gesunken,

nur Bergeshäupter standen hart und nah,

ein düstrer Richterkreis, im Düster da.

Und zweige zischelten an meinem Fuß

wie Warnungsflüstern oder Todesgruß;

ein Summen stieg im weiten Wassertale

wie Volksgemurmel vor dem Tribunale;

mir war, als müsse etwas Rechnung geben,

als stehe zagend ein verlornes Leben,

als stehe ein verkümmert Herz allein,

einsam mit seiner Schuld und Pein.

Da auf die Wellen sank ein Silberflor,

und langsam stiegst du, frommes Licht, empor;

der Alpen finstre Stirnen strichst du leise,

und aus den Richtern wurden sanfte Greise,

der Wellen Zucken ward ein lächelnd Win-
ken,

an jedem Zweige sah ich Tropfen blinken,

und jeder Tropfen schien ein Kämmerlein,

drin flimmerte der Heimatlampe Schein.

O Mond, du bist mir wie ein später Freund,

der seine Jugend dem Verarmten eint,

um seine sterbenden Erinnerungen

des Lebens zarten Widerschein geschlungen,

bist keine Sonne, die entzückt und blendet,

in Feuerströmen lebt, im Blute endet –

bist, was dem kranken Sänger sein Gedicht,

ein fremdes, aber o! ein mildes Licht.

Letzte Worte

Geliebte, wenn mein Geist geschieden,

so weint mir keine Träne nach;

denn, wo ich weile, dort ist Frieden,

dort leuchtet mir ein ewger Tag!

Wo aller Erdengram verschwunden,

soll euer Bild mir nicht vergehn,

und Linderung für eure Wunden,

für euern Schmerz will ich erflehn.

Weht nächtlich seine Seraphsflügel

der Friede übers Weltenreich,

so denkt nicht mehr an meinen Hügel,

denn von den Sternen grüß ich euch!

Ludwig Tieck

1773 - 1853

Glosse

Liebe denkt in süßen Tönen,

denn Gedanken stehn zu fern,

nur in Tönen mag sie gern

alles, was sie will, verschönen.

Wenn im tiefen Schmerz verloren

alle Geister in mir klagen

und gerührt die Freunde fragen:

„Welch ein Lied ist dir geboren?"

Kann ich keine Antwort sagen,

ob sich Freuden wollen finden,

Leiden in mein Herz gewöhnen,

Geister, die sich liebend binden,

kann kein Wort niemals verkünden,

Liebe denkt in süßen Tönen.

Warum hat Gesangessüße

immer sich von mir geschieden?

Zornig hat sie mich vermieden,

wie ich auch die Holde grüße.

So geschieht es, daß ich büße,

schweigen ist mir vorgeschrieben,

und ich sagte doch so gern,

was dem Herzen sei sein Lieben,

aber stumm bin ich geblieben,

denn Gedanken stehn zu fern.

Ach, wo kann ich doch ein Zeichen,

meiner Liebe ewges Leben

mir nur selber kundzugeben,

wie ein Lebenswort erreichen?

Wenn dann alles will entweichen,

muß ich oft in Trauer wähnen,

Liebe sei dem Herzen fern,

dann weckt sie das tiefste Sehnen,

sprechen mag sie nur in Tränen,

nur in Tönen mag sie gern.

Will die Liebe in mir weinen,

bringt sie Jammer, bringt sie Wonne,

will sie Nacht sein oder Sonne,

sollen Glückessterne scheinen?

Tausend Wunder sich vereinen:

In Gedanken schweiget stille,

denn die Liebe will mich krönen,

und was sich an mir erfülle,

weiß ich das, es wird ihr Wille

alles, was sie will, verschönen.

Dietrich Bonhoeffer

1906 - 1945

Wer bin ich

Wer bin ich? Sie sagen mir oft,

ich träte aus meiner Zelle

gelassen und heiter und fest

wie ein Gutsherr aus seinem Schloss.

Wer bin ich? Sie sagen mir oft,

ich spräche mit meinen Bewachern

frei und freundlich und klar,

als hätte ich zu gebieten.

Wer bin ich? Sie sagen mir auch,

ich trüge die Tage des Unglücks

gleichmütig, lächelnd und stolz,

wie einer, der Siegen gewohnt ist.

Bin ich das wirklich, was andere von mir sagen?

Oder bin ich nur das, was ich selbst von mir weiß?

Unruhig, sehnsüchtig, krank, wie ein Vogel
im Käfig,

ringend nah Lebensatem, als würgte mir einer die Kehle,

hungernd nach Farben, nach Blumen, nach
Vogelstimmen,

dürstend nach guten Worten, nach menschlicher Nähe,

zitternd vor Zorn über Willkür und klein-
lichste Kränkung,

umgetrieben vom Warten auf große Dinge.

Ohnmächtig bangend um Freunde in endlo-
ser ferne,

müde und leer zum Beten, zum Denken,
zum Schaffen,

matt und bereit, von allem Abschied zu nehmen?

Wer bin ich? Der oder jener?

Bin ich denn heute dieser und morgen ein
anderer?

Bin ich beides zugleich? Vor Menschen ein
Heuchler

Und vor mir selbst ein verächtlich wehleidiger Schwächling?

Oder gleicht, was in mir noch ist, dem geschlagenen Heer,

das in Unordnung weicht vor schon gewonnenem Sieg?

Wer bin ich? Einsames Fragen treibt mit mir Spott.

Wer ich auch bin, Du kennst mich, Dein bin ich, o Gott!

Von guten Mächten

Von guten Mächten treu und still umgeben,

behütet und getröstet wunderbar,

so will ich diese Tage leben

und mit euch gehen in ein neues Jahr.

Noch will das alte unsre Herzen quälen,

noch drückt uns böser Tage schwere Last.

Ach Herr, gib unsern aufgescheuchten See-

len

Das Heil, für das du uns bereitet hast.

Und reichst du uns den schweren Kelch, den

bittern

des Leids, gefüllt bis an den höchsten Rand,

so nehmen wir ihn dankbar ohne Zittern

aus deiner guten und geliebten Hand.

Doch willst du uns noch einmal Freude schenken

An dieser Welt und Sonne Glanz,

dann wolln wir des Vergangenen gedenken

und dann gehört dir unser Leben ganz.

Lass warm und still die Kerzen heute flammen,

die du in unsre Dunkelheit gebracht.

Führ, wenn es sein kann, wieder uns zusammen.

Wir wissen es, dein Licht scheint in der Nacht.

Wenn sich die Stille nun tief um uns breitet,

so lass uns hören jenen vollen Klang

der Welt, die unsichtbar sich um uns weitet,

all deiner Kinder hohen Lobgesang.

Von guten Mächten wunderbar geborgen

erwarten wir getrost, was kommen mag.

Gott ist mit uns am Abend und am Morgen

Und ganz gewiss an jedem neuen Tag.

Literaturverzeichnis

Brode Hanspeter, Deutsche Lyrik, eine Anthologie, Frankfurt/Main 1990

Conrady Karl Otto Hrsg., Das große deutsche Gedichtbuch von 1500 bis zur Gegenwart, München, Zürich 1991

Engel Manfred, Fülleborn Ulrich, Nalewski Horst, Stahl   August, Hrsg. Rainer Maria Rilke, Werke. Kommentierte   Ausgabe in vier Bänden. Band I: Gedichte 1895-1910, Band II: Gedichte 1919-1926. Frankfurt am Main, 1996

Frühwald Wolfgang, Gedichte der Romantik, Stuttgart 1984

Geier Andrea/Strobel Jochen, Hrsg. Deutsche Lyrik in 30 Beispielen, Paderborn 2011

Kandinsky Nina, Über das Geistige in der Kunst, Bern 1973

Segebrecht Wulf, Gedichte und Interpretationen, Klassik und Romantik, Stuttgart 2010

Wirsich-Irwin Gabriele, Die deutsche Literatur in Text und Darstellung, Klassik, Stuttgart 2002

Zeitfracht Medien GmbH
Ferdinand-Jühlke-Straße 7
99095 Erfurt, Deutschland
produktsicherheit@kolibri360.de